In dieser Reihe sind bisher erschienen:

Maluna Mondschein – Die kleine Gutenacht-Fee
Maluna Mondschein – Feen halten zusammen
Maluna Mondschein – Geschichten aus dem Zauberwald
Maluna Mondschein – Zauberhafte Gutenacht-Geschichten
Maluna Mondschein – Weihnachtswirbel im Zauberwald
Maluna Mondschein – Feenabenteuer im Zauberwald
Maluna Mondschein – Magische Mondgeschichten
Maluna Mondschein – Der Zauberwald feiert!
Maluna Mondschein – Ein magischer Schultag
Maluna Mondschein – Du schaffst das, kleine Luftfee!
Maluna Mondschein – Das Adventskalenderbuch
Maluna Mondschein und das Feengeschenk
Maluna Mondschein und die kleine Lichterfee
Maluna Mondschein – Du schaffst das, kleiner Drache!
Maluna Mondschein – Nur Mut, kleine Luftfee!
Maluna Mondschein – Alle meine Freunde

MIX
Paper from responsible sources
FSC® C002795

Originalausgabe

ellermann im Dressler Verlag GmbH · Hamburg

Einband und farbige Illustrationen von Tina Kraus
Druck und Bindung: Livonia Print SIA, Ventspils iela 50, LV-1002, Riga, Lettland
Printed 2019
ISBN 978-3-7707-0164-3
www.ellermann.de

Andrea Schütze

Maluna Mondschein

Wir retten die Zauberwaldschule!

Mit Bildern von Tina Kraus

ellermann im Dressler Verlag GmbH · Hamburg

Guten Abend, kleiner Schatz ...

Kuckuck, ich bin's, deine Maluna Mondschein.

Hurra, hurra, endlich ist der Abend da! Ist ein Bett nicht eine wundervolle Erfindung? Alles darin ist weich, kuschelig und riecht gut. Genau wie dein liebster Vorlesemensch auch, stimmt's? Außerdem ist Geschichtenhören fast so gut wie Träumen.

Ja, ja, ich weiß, wenn da nur nicht diese mühselige Einschlaferei wäre … Nieselplatsch aber auch, wie kann etwas so Normales so anstrengend sein?

Stell dir vor, manchmal kann ich auch nicht gut einschlafen, aber dafür habe ich mir einen Trick überlegt. Wubbeldischnubbel lege ich mich in einem solchen Fall einfach falsch rum in mein Feenbettchen, das hilft. Also meistens.

Was aber ganz sicher hilft, ist, auf eine Traumreise zu gehen, indem du dir die Geschichte, die du jetzt gleich hörst, in Gedanken einfach noch mal vorstellst. Ganz sanft gleitest du dabei in den Schlaf, rapüh, guck, ich schlummer fast schon.

»Stopp, nein, Maluna, aufwachen!«, sagst du?

Stimmt, schließlich wollen wir noch auf eine Spezialreise gehen. In den Zauberwald nämlich. Du weißt ja, wo du mich dort findest, im großen Nussbaum auf dem Feenhügel, von wo man einen sensationellen Ausblick hat. Guck, Nike, die kleine Seejungfrau, schwimmt mit Pommes und Fritz im See um die Wette …
Bis gleich, Menschenkind!

Hmmm, wie das hier überall duftet!

Vielleicht war es doch keine gute Idee, sich ausgerechnet die Mittagszeit für einen Besuch im Zauberwald auszusuchen. Überall wird gekocht, da kriege ich ja gleich mächtigen Hunger! Oh, schnupper, schnupper, ich schätze mal, beim kleinen Bären gibt es Pfannkuchen mit Zimtzucker. Ui, und der kleine Drache kann sich auf Bratkartoffeln freuen ...

Es gibt also bei allen etwas Leckeres zu essen, und das ist schließlich das Allerwichtigste, wenn man nach einem anstrengenden Vormittag in der Zauberwaldschule nach Hause kommt.

Inzwischen müsste Maluna auch schon eine Weile wach sein, und ganz möglicherweise ist ihr ja langweilig, und sie freut sich über einen kleinen Plausch.

»Huhu, klingel, klingel, wir sind's, kleine Fee, deine lieben Freunde aus der Menschenwelt!«

Ach, riech mal, Maluna scheint nicht nur auf zu sein, sondern auch schon zu kochen! Das ist ja ein Ding. Aber sie macht nicht auf. Ob sie uns nicht gehört hat?

»Klopf, klopf, hallöchen!«

Da öffnet sich die Tür, doch von Maluna ist immer noch nichts zu sehen. Dafür zu hören. »Komm rein, Maus!«, ruft sie nämlich freundlich.

Maus? Freundlich? Komm rein? Äh, na, das ist ja mal eine tolle Begrüßung, ich bin ganz baff. Also, da lassen wir uns ja nicht lange bitten.

Ach, guck mal, wie süüüß! Da steht Maluna am Herd und

rührt in einem Topf. Sie trägt eine Schürze und eine Kochmütze!!! Och, wie knuffig, wie niedlich, wie …

»Boah, nee, du bist das ja«, mault Maluna durch den Dampf, als sie erkennt, wer da hereingekommen ist.

»Öhm, Malunaleinchen, gerade wollte ich dir sagen, wie überaus wunderknüffelknirschig und goldwuggelig du aussiehst! Hm, du hast wohl jemand anderen erwartet?«

»In der Tat«, sagt Maluna, angelt eine Spaghetti aus dem Topf und saugt sie geräuschvoll in den Mund. Dann kaut sie. »Alles Ente«, sagt sie fachmännisch.

»Alles Ente?«, hake ich nach.

»So sagt man, wenn die Spaghetti genau zwischen schludderweich und knusprig sind«, erklärt Maluna und tippt auf ein Kochbuch. »Und dazu gibt's Soße Pulli. Die ist aus Tomaten, und ein ganz klein wenig ist sogar noch im Topf geblieben.«

Maluna seufzt. »Ist nämlich vorhin explodiert, die ganze Pulli-Soße, guck, meine Küche hat jetzt Punkte.«

»Ach du Schreck, Maluna!«

Die kleine Gutenacht-Fee kichert. »Gleich ist die Schule aus, und heute habe ich Minimee-Mittagsdienst«, sagt sie und beginnt, ein großes Stück Käse zu reiben. »Armer Hahn, der kommt dann oben auf die Pulli-Soße«, sagt sie und steckt sich ein Stückchen in den Mund.

»Feechen, wow, ich muss mich doch ziemlich wundern. Das sieht alles sehr professionell aus. Also, außer natürlich die Punkte.«

»Ich hab geübt«, gibt Maluna zu. »Bei mir gibt's schon seit …«, die kleine Gutenacht-Fee zeigt uns alle Finger einer Hand, »… nur ›Spaghetti Pulli Alles Ente mit Armem Hahn‹.«

»Nein, nein, warte mal, das heißt ›Spaghetti Napoli al dente mit Parmesan‹«, verbessere ich sie.

Maluna zieht ihre Augenbrauen bis fast unter den Rand der Kochmütze und schüttelt den Kopf.

»Doch, so heißt das Gericht in echt. Man sagt *Napoli* und *al dente*, und der Käse heißt *Parmesan*. *Napoli* kommt vom Wort Neapel, das ist der Name der Stadt, wo die Soße erfunden wurde, und *al dente* ist Italienisch und bedeutet *mit Biss*, und der Käse heißt *Parmesan*, nach der Gegend, wo er herkommt. Also ursprünglich.«

»Bist du fertig?«, will Maluna wissen, und ihre Stimmungssträhne hat die Farbe der Spritzer in ihrer Küche angenommen.

»Ähm, ja«, antworte ich.

»Gut, denn das, was du da erzählst, ist ja wohl mal wieder völliger Menschenweltquatsch! Pulli heißt die Soße, weil die Erfinderin immer einen roten Pulli anhatte. Alles Ente sagt man, wenn die Spaghetti genau zwischen schludderweich und knusprig sind, das habe ich ja eben schon erklärt. Und den Käse gibt's oben beim Armen Hahn, und der heißt so, weil er nicht mehr krähen kann, aber dafür den besten Käse im Zauberwald macht.« Triumphierend sieht Maluna uns an. »Na, nun fehlen *dir* die Worte, Mensch, was?« Die kleine Gutenacht-Fee bekommt einen Lachanfall.

»Tja, also, da hast du wirklich recht. 'tschuldige, ich dachte, du hättest da was durcheinandergebracht.«

»Praaah!!!«, jauchzt Maluna kichernd und stützt sich auf ihre Knie, so sehr muss sie lachen. »Reingelegt!«, japst sie. »Hich, hiii, reingelegt! Soße Pulli! Armer Hahn! Alles Ente!« Maluna fischt nach einer Serviette und wischt sich die Tränen aus den Augen. »Ich wusste, dass du drauf reinfällst.«

»Du freche kleine Fee! Und ich dachte wirklich …«

»Was'n hier los?«, erklingt da ein windhauchiges Stimmchen. Ächzend lässt die kleine Luftfee ihren Schulranzen vom Rücken gleiten.
»Minimee-Maus! Schön-dass-du-da-bist-wie-war-die-Schule-Essen-ist-fertig«, plappert Maluna fröhlich ohne Punkt und Komma drauflos.
»Fff«, macht Minimee und plumpst auf einen Stuhl.
»Willst du gar nicht wissen, was es zu essen gibt?«, fragt Maluna ungläubig, denn jeder, der Minimee kennt, weiß, welche enormen Mengen die kleine Luftfee verspeisen kann, und auch, dass sie eigentlich Dauerhunger hat.
»Hm«, brummelt Minimee unbestimmt.
»Also, es gibt, wie du siehst …«, Maluna macht mit dem Kochlöffel eine große Geste und zwinkert uns herausfordernd zu, »… Nudeln mit Tomatensoße und Reibekäse!«, kräht sie.
»Fff«, macht Minimee wieder und trinkt einen Schluck Kirschsaft, während Maluna mit den Töpfen um sie herumwirbelt.
»Wenn die Soße nicht reicht, musst du meine Küchenwände abschlecken«, sagt sie, und endlich sieht die kleine Luftfee auf.
»Echt?«, fragt sie.

»Echt. Die ganze Glupsche vorhin so: Flubber, flubber, flubber uuuu-hund BLUSCH!«
Minimee grinst höflich und dreht die Gabel in die Nudeln.
Geduldig wartet die kleine Gutenacht-Fee ab, bis Minimee den dritten Teller leer gegessen hat.
»Nachtisch?«, fragt sie, und Minimee nickt. »Aber erst sagst du mir, was los ist, ja?«, sagt Maluna und lässt den Deckel auf dem Topf.
»Sag mal 'nen Wetterfluch, aber 'nen echt schlimmen«, erwidert Minimee.
»Drecksplatschige, vernebelmatschte Flurchmurkse«, bietet Maluna an, und Minimee nickt zufrieden.
»Wir haben ein drecksplatschiges, vernebelmatschtes Flurchmurks-Problem«, sagt sie düster.
»Aha«, meint Maluna. »Erzähl.«

Doch stattdessen zieht Minimee nur ein ziemlich zerkrumpeltes Blatt Papier aus ihrer Tasche. »Elternzettel.«

»Och nö!« Maluna seufzt und streicht die Mitteilung glatt. Nachtflüge, Frühaufstehen und Elternzettel sind bekanntlich nicht so ganz Malunas Ding …

Liebe Eltern
von meinen ganz wunderwunderbaren
Schülerinnen und Schülern,
leider kann ich eine ganze Weile nicht unterrichten, weil meine morschen Knie den langen Weg zur Zauberwaldschule nicht mehr mitmachen. Frau Dr. Storchenschnabel hat mich ab heute für drei Wochen krankgeschrieben. Die Kinder haben solange schulfrei. Sie dürfen mich aber jederzeit gerne besuchen kommen.
Also, Kinder, stellt nicht so viel Unsinn an
und bleibt schön schlau,
bis bald,

Euer/Ihr Lehrer
Monsieur Scham-Ping-Jong

Maluna lässt den Zettel sinken und sieht Minimee an.
»Hurra?«, fragt sie unsicher. »Drei Wochen schulfrei? Jubel? Kreisch, freu? Nein?«
Minimee schüttelt traurig den Kopf.
»Spatz, machst du dir Sorgen? Monsieur Scham-Ping-Jong wird ganz sicher wieder gesund.«
»Nee«, wispert die kleine Luftfee und zieht einen weiteren Zettel hervor. »Das Problem steht erst hier drauf.«
Maluna rollt mit den Augen und liest erneut.

Ankündigung für alle

Morgen früh erfolgt eine: Schulinspektion
(um zu überprüfen, ob die Schüler genug lernen und der Lehrer genug lehrt)
Anwesenheitspflicht für alle, besonders für den Lehrer!!!!!
Hinweis und Warnung:
Allerletzte Chance, sonst wird die Schule geschlossen.

Ober-Schulkontrollör Prof. Harald Hyäne

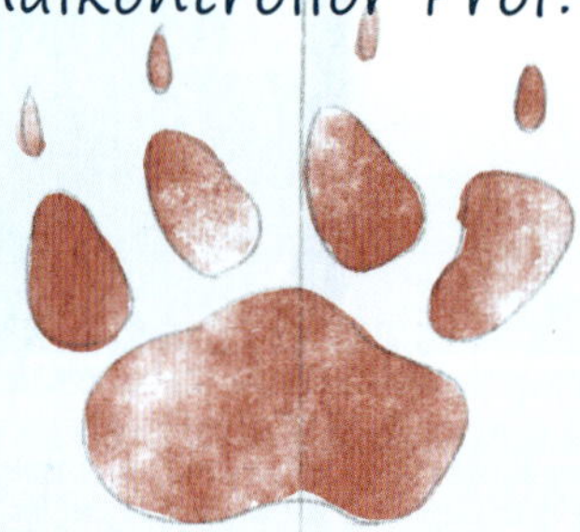

»Ui«, sagt Maluna. »Ui, ui, ui. Was genau soll das denn alles heißen? Und woher hast du denn den Zettel, gehört der nicht an eure Pinnwand?«

»Hat der Zeitungsjunge gebracht, als der Lehrer in der Pause bei Frau Dr. Storchenschnabel war«, erklärt Minimee. »Und dann hab ich ihn heimlich genommen«, fügt sie leise hinzu. »Weil … weil Monsieur Schamp-Ping-Jong diese … diese Schpektzon schon drei Mal abgesagt hat, weil er jedes Mal krank war.«

Maluna nickt. »Verstehe. Und Frau Kenkuru kann nicht übernehmen, weil sie nach Australien ausgewandert ist.«

»Und wenn Monsieur Scham-Ping-Jong morgen nicht da ist, zack, Schule zu für immer und ewig«, erklärt Minimee.

Maluna holt tief Luft. »Also zunächst mal: Du bist ja ein komisches Kind. Freut man sich nicht normalerweise, wenn man nie wieder in die Schule muss?«

Minimee schüttelt den Kopf, dass die Haare um ihren Kopf herumwehen wie ein kleiner Wirbelsturm. »Hab ich auch erst gedacht, aber ich mag die anderen Kinder, und Monsieur Scham-Ping-Jong mag ich auch, und spannende Sachen lernen mag ich auch, und im Federmäppchen vom kleinen Drachen ist es immer sehr gemütlich.«

»Und davon«, Maluna wedelt mit dem Zettel, »weiß dein Lehrer also gar nichts?«

Minimee zieht die Schultern hoch. »Ich dachte … ich wollte … ich konnte einfach … Wahrscheinlich müssen wir dann alle in die Finsterwaldschule gehen«, platzt Minimee heraus.

»WAS?«, kreischt Maluna.

»Auf gar keinen Fall! Völlig ausgeschlossen! Das kommt nicht in die Tüte! Niemals. Wir brauchen einen Plan«, krakeelt Maluna statt einer Antwort.

Minimee grinst. »Ich wusste, dass du das sagst«, murmelt sie zufrieden, hebt den Deckel vom Topf und tunkt den Löffel tief in den Schokoladenpudding, den Maluna fast klümpchenfrei, aber dafür mit drei Tafeln Schokolade drin, wunderbar hingekriegt hat.

Eine ganze Weile tigert Maluna im Kreis herum und redet mit sich selbst.

Da macht es plötzlich klick. Es geht ja hier nicht nur um Minimee Windhauch, sondern auch um all die anderen Zauberwaldschüler, die in die Leuchtturmschule gehen und noch gehen werden. Alle müssen helfen, sie zu retten!

»Zauberwald-Hauptversammlung«, ruft Maluna so laut, dass es Ranunkel, die kleine Hexe hören kann.

»Guuut. Iiich sag Herrn Drache Bescheiiid«, weht Ranunkels Stimme herein, und wenige Augenblicke später ertönt das knattrige Geräusch eines startenden Zauberwalddrachens.

»Da!«, ruft Minimee und zeigt in den Himmel, wo Papa Drache beginnt, mit fauchendem Feueratem eine Botschaft zu schreiben. Kaum sind die Flammen erloschen, kann man in watteweißen Buchstaben lesen:

So schnell sie können, fliegen Maluna und Minimee zum Zauberwald-Hauptversammlungsort.

Nach einiger Zeit sieht es auf dem kleinen Strand am Seeufer aus wie an einem Sonntagnachmittag im Sommer. Erwartungsvoll haben es sich die Zauberwaldbewohner rund um den Schwimmlernfelsen gemütlich gemacht.

Es gelingt Maluna in allerletzter Minute, im Wasserballhaarschopf der kleinen Hexe in Deckung zu gehen, weil sie beinahe vergessen hat, dass kein Zauberwaldkind, außer der kleine Zauberer, die kleine Gutenacht-Fee je zu Gesicht bekommen darf.

»Soll ich wieder für dich reden?«, fragt Ranunkel. »Wie beim Schulknütenbasteln?«

Maluna wechselt in Ranunkels Schürzentasche. »War übrigens total unlogisch von uns«, kichert sie, »weil da ja überhaupt keine Kinder dabei waren.«

»Stiiiiiimmt«, ruft Ranunkel. »Mann, sind wir doof.« Dann klettert sie neben Nike auf den Felsen und wartet, dass Maluna ihr den Grund für diese außerordentliche und dringende Versammlung einflüstert.

Gespanntes Schweigen senkt sich über den Strand.

»Wie wir ja alle wissen …«, wispert Maluna.

»Wie wir ja alle wissen …«, sagt Ranunkel laut.

»… sind eine gute Schuldbildung und viel Grips und Gehirn das Wichtigste im Leben überhaupt«, flüstert Maluna.

»… sind Freunde, Familie und Schokolade das Wichtigste im Leben überhaupt«, sagt Ranunkel stattdessen. »Und Schulbildung und Grips übrigens auch.«

»Und Häk-Häk-Häkeln«, ergänzt Sürpries.

»Und Zaubern!«, ruft der kleine Zauberer.

»Und rosa Farbe«, jubelt Schwester Rosa.

Maluna räuspert sich. Na, das kann ja heiter werden. Kurzerhand erklärt sie der kleinen Hexe das Problem an einem Stück.

»WAS?«, ruft Ranunkel entsetzt, als sie verstanden hat, um was es hier geht.

»Ruhe bitte, pscht, pscht, pscht. Wer stört, fliegt raus, kriegt eine Strafarbeit, muss das Klassenzimmer putzen«, redet sie drauflos wie eine waschechte Lehrerin.

Doch es wirkt, die Zauberwaldbewohner sind mucksmäuschenstill.

»Professor Hyäne …«, sagt Ranunkel unheilvoll, und alle stöhnen auf.

»Professor Harald Hyäne«, macht Ranunkel weiter, »will morgen die Zauberwaldschule schließen, wenn Monsieur Scham-Ping-Jong bei der Inspektion mal wieder krank ist.«

So, wir sparen uns jetzt einfach die Beschreibung des Tumults, der nach dieser Nachricht ausbricht, wobei Ranunkel nicht mal zu erwähnen braucht, dass die Kinder dann in die Finsterwaldschule gehen müssten.

Als es immer lauter wird, holt Bobsi Biber das blaue Band aus seinem Rucksack, denn es flattert nicht nur im Frühling los, um Heiratsanträge zu überbringen, sondern dient auch als Spruchband. Nur derjenige, um den es sich schlingt, darf etwas sagen. Dabei verknotet und verwickelt es alle Redner so lang miteinander, bis die beste Lösung gefunden ist. Dann entwickelt es sich wieder, und die Zauberwaldbewohner sind befreit, vom Band und vom Problem.

Diesmal sucht es sich zielstrebig seinen Weg zu Frau Dr. Storchenschnabel und schlingt sich um ihre langen Beine.

»Nun«, klappert sie, »Monsieur Scham-Ping-Jong muss sich schonen, da führt kein Weg dran vorbei. Nur sitzen oder liegen und keine langen Wege, absolut ausgeschlossen.«

Alle nicken bedrückt, und das Tuch flattert weiter. Papa Bär hat etwas zu sagen.

»Wir könnten Professor Hyäne …«, er senkt seine Stimme und sieht zu den Kindern hinüber, weil sein Vorschlag möglicherweise nicht die feine englische Art ist, »irgendwie umleiten«, sagt er. »Falsche Schilder aufstellen oder so.«

Das Band hüpft zum großen Zauberer.

»Oder ihn für eine kurze Zeit in Stein verwandeln«, wispert er.

Das Band weht zu Mama Drache. Sie tippt sich an die Stirn und raunt: »Doch nicht vor den Kindern. Wir müssen Vorbilder sein.«

»Pfff«, knurrt Papa Bär. »Hin und wieder ist das echt anstrengend, oder?«

Die Zauberwaldbewohner seufzen und nicken.

»Und diese, zugegebenermaßen verführerische, Idee würde unser Problem auch nicht lösen, nur verschieben«, gibt Frau Bär zu bedenken.

Unschlüssig weht das Band weiter. Da findet es Pforte.

»Ich weiß die Lösung«, ruft das Chamäleon und färbt sich prompt so himmelblau wie der Stoff, den es triumphierend hochhält.

»Wenn der Lehrer nicht zur Schule kommen kann, dann kommt die Schule eben zum Lehrer.«

»Jaaa!« Die Zauberwaldbewohner applaudieren. Für eine Zeit lang wird die Schule eben in Monsieur Scham-

Ping-Jongs Stinktierhöhle in die Zauberwaldsteppe verlegt, die weit draußen neben dem Capricorn-Gebirge liegt.

Doch wider Erwarten zurrt sich das Band noch fester um Pforte.

»He«, schimpft Pforte, »was war denn daran so falsch?«

»Kannichdirsagen! HatjanichtjedersonFlitzestuhlwieSie!«, schimpft Grennui Grasgrün. »WiesollmeinKleinerdennsoweithüpfen? UndFröscheundWüste, dasgehtjawohlgarnicht!« Vor Empörung bläst Grennui seine Backen auf.

Da greift die kleine Gutenacht-Fee nach einer von Ranunkels Ringellocken und zieht so heftig daran, dass der Kopf der kleinen Hexe wackelt wie eine große Glocke.

»Dingdong, dingdong«, macht Ranunkel mit wippendem Lockenkopf und rollenden Augen. »Was gibt's denn? Wer ist denn dort?«, fragt sie in die Runde.

»Schnapp dir das Band, schnell, ich hab's!«, ruft Maluna. »Ich will was sagen, ich hab's, ich hab's wirklich.«

»Na, das Fräulein Mondschein möchte sich seine Regeln wohl gerne selbst pipilangstrumpfen«, knurrt Schwester Rot, die Maluna gehört hat, und macht so spitze Lippen, dass man auf diesen sauren Gesichtsausdruck fast neidisch werden könnte.

Doch das Band hat ein Einsehen, flitzt ein paarmal um Ranunkel herum und verharrt dann in einem großen heiligenscheinähnlichen Kringel direkt über der kleinen Hexe.

»Doch, Pforte hat doch recht, nur anders«, kiekst Maluna aufgeregt, und diesmal gibt Ranunkel brav genau das an die Zuhörer weiter, was die kleine Gutenacht-Fee ihr einflüstert.

Doch was sagt sie denn nur? Verflixt noch mal, ich höre gar nichts mehr. Warum muss ausgerechnet in diesem Augenblick einer dieser blöden Raschelwinde hier entlangpusten, bei dem man sein eigenes Wort nicht mehr versteht. Ausgerechnet jetzt, wo Maluna die Idee des Jahrtausends hat, kommt uns ein zu früher Herbstwirbelwind in die Quere!

Okay, okay, gucken wir wenigstens weiter zu. Denn es sieht immerhin so aus, als ob Malunas Einfall in die richtige Richtung geht. Denn je mehr Ranunkel redet, desto begeisterter werden die Zauberwaldbewohner. Jetzt klatschen sie sogar!

Oh, und schau mal, was nun geschieht: Mit einem Mal entwirrt sich das Band, dreht eine letzte Ehrenrunde über der Versammlung und schwebt sachte in den Himmel davon. Die Zauberwaldbewohner jubeln. Jetzt wissen sie ganz genau, dass ihr Plan funktionieren kann, wenn alle mithelfen.

Und tatsächlich. Ohne viel Hin und Her finden sich nach Ranunkels Ansprache wie von Zauberhand passende Teams für die einzelnen Aufgaben zusammen, die für das Bauprojekt *Zauberwald-Express* nötig sind. Ja, Zauberwald-Express, dies ist zumindest das Wort, das ich trotz des nervigen Raschelkrachs aufschnappen konnte. Wunderbar, das hört sich fantastisch an, auch wenn es mir ein Rätsel ist, was das mit der Rettung der Zauberwaldschule zu tun hat, aber wir werden Maluna bei allernächster Gelegenheit danach fragen, versprochen.

Doch dazu kommen wir erst, als es Abend wird und die Zauberwaldkinder in ihren Betten liegen. Jetzt kann Maluna das offizielle Kommando übernehmen.

Mit einem quietschgelben Bauhelm auf dem Kopf marschiert sie gerade auf einem Baumstamm hin und her und erteilt Anweisungen, indem sie mit einem Zollstock in der Luft herumfuchtelt und Punkte auf einer meterlangen Liste abhakt. Als sie geendet hat, machen sich die Zauberwaldbewohner wieder an die Arbeit.

»Wow, klitzekleine, zarteste Fee des gesamten Zauberwaldes, das Rumkommandieren hast du ja echt drauf«, wispere ich.

Maluna fummelt ihre Stimmungssträhne aus einem Belüftungsloch im Helm und betrachtet sie.

»Warte, ich muss gucken, ob das jetzt ein Lob oder ein Dings, Nichtlob war«, sagt sie, doch die Stimmungssträhne bleibt fröhlich glitzergrün.

»Und wie lautet jetzt dein Plan?«, frage ich.

Maluna schiebt den Bauhelm nach oben und kratzt sich am Kopf. »Der Plan ist nicht laut, oder hörst du was?«

»Okay, anders. Wie geht er nun, dein Plan?«

»Langsam, aber stetig voran«, antwortet Maluna spitzbübisch und flirrt in die Dunkelheit davon.

»Lass dich überraschen«, ruft sie. »Bis morgen!«

Ts. Also so was. Und außerdem hat Maluna gar nicht mal Unrecht. Der Plan ist doch irgendwie laut. Denn im Zauberwald gehen geheimnisvolle Dinge vor sich. Überall brennen Lampen, Kerzen, Laternen und Leuchten, in deren hellem Schein die Zauberwaldbewohner am Werkeln sind.

Da hätten wir zunächst Mama Drache, die mit großen Trampelschritten eine Art Pfad durch den Zauberwald plättet, Bolle und Bobsi Biber, die emsig Stämme zurechtnagen, Papa Drache, der mit seinem heißen Nasenfeuer Metallstangen erhitzt und anschließend verbiegt, als wären es Lakritzstangen, die Schwestern Rosarot, die eine Art Unterstand mit rosa-weiß gestreifter Markise bauen, Papa Zauberer, der scheinbar versucht, so was wie einen Riesentopf oder vielleicht auch eine Wanne zu zaubern, die verschiedenen Fehlversuche liegen jedenfalls auf der Wiese verstreut. Papa Bär kramt im Geräteschuppen nach einem alten Liegestuhl. Mama Bär backt bereits die zehnte Portion Honigmuffins, die man sich vor der Höhle von einem Tisch nehmen kann. Am Seeufer bietet Nike erfrischendes Algenwasser an. Herr Bonobo hängt längs des geheimnisvollen neuen Waldwegs Laternen in die Bäume, die die Feen mit Candelias

Kerzen bestücken, während Foxtrott Fuchs den Weg ausmisst und in regelmäßigen Abständen Schilder an die Stämme nagelt, auf denen Ranunkel eine Zahl notiert. Meister Prallbacke poliert seine Trompete, Pforte schreibt ein großes Plakat für die Infotanne, auf dem er die Zauberwaldbewohner mal wieder um Toleranz bittet, diesmal für Schulinspektoren, die ja auch nichts für ihren Job können. Frau Taube strickt zwei rot-weiß gestreifte Schals, Herr Taube schnitzt Zackenmeier, die heute Nacht weggehen wie warme Zimtschnecken, die kleine Krähe Rabenschwarz und ihre Freunde überbringen Nachrichten und eilige Informationen und so weiter und so fort.
Und die Zauberwaldkinder? Ahnen schon, dass die Gutenacht-Fee heute sowieso nicht kommen wird, und bleiben deshalb heimlich auf, um von den Fenstern aus dem geschäftigen Treiben im hell erleuchteten Zauberwald so lange zuzusehen, bis sie fast im Stehen einschlafen.

Am nächsten Tag kann ich es kaum erwarten, in den Zauberwald zu kommen.

»Aha, der Schneckenmensch«, ruft Maluna und schwirrt davon.

Schneckenmensch, also echt. Dabei haben wir überhaupt nicht getrödelt. Jetzt aber schnell, damit wir die kleine Gutenacht-Fee nicht aus den Augen verlieren …

Oha! Was ist das denn? Vor der Zauberwaldschule ist ja vielleicht was los!

Guck mal, wie ordentlich in Zweierreihen die Schüler vor dem Eingang stehen. Sie halten kleine Fähnchen in der Hand und wedeln damit schon mal Probe.

Meister Prallbacke hat sein Orchester aufgebaut, das aus ihm, Grennui Grasgrün und seinen drei Trommeln, Foxtrott Fuchs mit seiner Tröte und Papa Zauberer mit einem Rasongsel-Kawemm oder was auch immer besteht.

Und da ist es auch schon so weit. Der Leuchtturm

fängt an, sich ächzend und rumpelnd zu drehen, während er gleichzeitig seine tomatenroten Blitze aussendet: Die Schule fängt an. Doch heute scheint das niemanden zu interessieren. Komisch, was genau soll denn nun eigentlich geschehen? Was, wenn dieser Herr Hyäne jetzt eintrifft?

»Ähm, was passiert denn jetzt?«, flüstere ich. »Der Lehrer ist noch nicht da, und dieser Kontrolleur kommt sicher gleich, und eigentlich wolltet ihr doch dafür sorgen, dass der Lehrer da ist, wenn der Kontrolleur kommt, und jetzt sieht es aber ganz danach aus, als ob der Kontrolleur käme, bloß der Lehrer nicht, und, oh nein, schon geschehen …«

Mit eiligen Schritten sieht man Professor Harald Hyäne durch den Wald auf den Leuchtturm zueilen. Doch beim Anblick der wartenden Menge bleibt er verdutzt stehen. Für einen kurzen Augenblick tritt Verwirrung ein, weil allen gerade auffällt, dass sie vergessen haben, jemanden zu bestimmen, der den ungebetenen Gast begrüßt. Doch noch bevor Schwester Rosa ihre Schwester davon abhalten kann, übernimmt Schwester Rot diese Aufgabe.

»Morgen!«, bellt sie unwirsch, wie das nun mal ihre Art ist, und Schwester Rosa will gerade mit einem freundlichen Säusler die unhöfliche Begrüßung ihrer Schwester wieder glattbügeln, als über das Gesicht des Inspektörs ein Lächeln huscht.

»Morgen«, bellt er unwirsch zurück. »Alle vollzählig?«, will er wissen.

»Jawoll«, knurrt Schwester Rot. »Wedeln!«, ruft sie im besten Kommandoton, und die Kinder schwenken wild ihre Fähnchen.

Professor Hyäne nickt anerkennend.

»Musik«, herrscht Schwester Rot Meister Prallbacke an, und Grennui Grasgrün beginnt, wie verrückt zwischen seinen Trommeln hin und her zu hopsen, dass Tröte, Trompete und Rummelkaweng kaum mit dem Tusch hinterherkommen.

»Herr-vor-ragend«, schnauzt Professor Hyäne. »Ab-so-lut hervorragend.«
»Sie hatten ja wohl nichts anderes erwartet, oder etwa doch?«, keift Schwester Rot.
»Natürlich nicht«, schwindelt Professor Hyäne.
»Eben«, raunzt Schwester Rot.
»Nun ja, meine Beste, wenn ich gewusst hätte, dass die Schule eine so charmante Sprecherin hat, wäre ich natürlich noch viel früher …«, sagt Professor Hyäne und wird tatsächlich ein wenig rot.
»Na, das wäre ja noch schöner gewesen!«, protestiert Schwester Rot.
»Verzeihung«, murmelt Professor Hyäne.

Die Zauberwaldbewohner sind beeindruckt. Schwester Rot hat den Inspektor komplett im Griff. »Wollen Sie nicht endlich wissen, wo der Lehrer ist?«, raunzt Schwester Rot, und Schwester Rosa sieht für einen Moment so aus, als wolle sie gleich in Ohnmacht fallen. Rasch steckt sie sich ein Bonbon in den Mund.

»Jawoll, genau richtig«, erwidert Professor Hyäne.

Auf Schwester Rots Kommando spielt die Band noch mal einen kräftigen Tusch, die Kinder rascheln mit den Fähnchen, und die Eltern bilden eine Gasse, durch die Professor Hyäne nun von Schwester Rot hindurchgeführt wird. Doch statt zur Schultür geleitet sie ihn zu einem kleinen Durchgang, den Pforte feierlich freigibt, nachdem er dem Inspektor eine Fahrkarte überreicht und Frau Taube ihm einen der rot-weißen Schals um den Hals geschlungen hat.

»Bi-bi-bitte ein-ein-einsteigen«, gackert Sürpries. »Herz-herz-herzlich wi-wi-willkommen i-i-im …«

»Zauberwald-Express!«, rufen die Zuschauer, und der große Zauberer öffnet die Tür der Kabine eines … einer … nun, er öffnet die Tür von etwas, mit dem man auf den Schienen fahren kann, die die Zauberwaldbewohner die ganze Nacht lang verlegt haben.

»Oha!«, ruft Professor Hyäne, als der große Zauberer damit beginnt, einen großen Hebel zu betätigen. Hoch und runter, hoch und runter pumpt er ihn, und langsam setzt sich der Zauberwald-Express in Bewegung.

»Gute Fahrt!«, rufen alle durcheinander, die Kinder wedeln, und die Kapelle tuscht, während sämtliche flugfähigen Zauberwaldlinge blitzschnell losfliegen, um die Ankunft des Zauberwaldzugs an der Endhaltestelle mitzuerleben.

»Die Kinder hiergeblieben«, raunzt Schwester Rot, als sie bemerkt, wie sich Minimee und der kleine Drache heimlich ebenfalls erheben wollen.

»Och, die armen Kleinen«, sagt Schwester Rosa und verteilt eine Runde Trostlutscher mit Cornflakes-Schokokuss-Geschmack für die ganze Klasse.

Derweil beobachten die anderen von oben die rasante Fahrt des Zauberwald-Express.

»Es funktioniert!«, jubelt Papa Drache und wirbelt Mama Drache in einem wilden Flugtanz hin und her.

»Oha!«, hört man den Professor erneut ausrufen, als sich der Zauberwald-Express der Steppe nähert. »Wir fahren ja fast zu mir nach Hause!«

»Gicht nanz, äh, nicht ganz«, sagt Papa Zauberer und zeigt auf eines von Foxtrotts und Ranunkels Hinweisschildern.

AB HIER BREMSEN, steht darauf, und der große Zauberer drückt einen Hebel. Quietschend kommt der Zauberwald-Express zum Stehen. Und zwar direkt vor dem Haus von Monsieur Scham-Ping-Jong.

»Endstation!«, rufen die Zauberwaldbewohner.

»Donnerwetter«, sagt Herr Hyäne beeindruckt.

Da öffnet sich die Tür, und Herr Scham-Ping-Jong streckt überrascht seinen Kopf hinaus. Was ist das denn plötzlich für ein Tumult vor seinem Haus?

»Kommen Sie, kommen Sie«, ruft Professor Hyäne gut gelaunt. Er kann sich zwar immer noch keinen Reim darauf machen kann, warum an diesem verrückten Inspektionsmorgen all diese Überraschungen passieren, aber das Ganze macht enorm viel Spaß. Und Herr Professor Hyäne kann sich nicht dran erinnern, wann er den das letzte Mal hatte.

»Oh nein, der Inspektör!«, japst Herr Scham-Ping-Jong erschrocken und zieht seinen Kopf wieder zurück.

Eilig quetscht sich Maluna durch den Briefschlitz. »Sie können wirklich rauskommen, der ganze Zauberwald hat einen Plan«, erklärt Maluna.

»Un das soll misch beruhigön?«, fragt der Lehrer zweifelnd.

»Feenehrenwort«, erwidert Maluna.

Monsieur Scham-Ping-Jong rupft sich seufzend die Schlafmütze vom Kopf, knotet den Bademantel enger und tritt aus dem Haus. Langsam, Schritt für Schritt humpelt er an einer Krücke zu den Gleisen, die wie aus dem Nichts über Nacht vor seinem Haus aufgetaucht sind.

»Isch verstehö über'aupt nischts«, murmelt er. »Ist das vielleischt ein Traum?«, fragt er in die Runde.
Herausfordernd sehen die Zauberwaldbewohner Professor Hyäne an.
»Nun sagen Sie schon was«, murrt Mama Drache in Schwester Rots Tonfall.
»Besser wär's«, ergänzt Herr Drache.
Und auf einmal scheint Professor Hyäne zu verstehen, dass der Lehrer von all dem hier überhaupt nichts wusste und heute ganz sicher nicht zur Inspektion hätte in der Schule erscheinen können, wenn es diesen Express nicht gäbe …
»Ach so …!«, murmelt Professor Hyäne. »Aha. Verstehe. Also, ich … wir … Sie …«, stammelt er. »Also, er, sie, es.« Irgendwie wollen ihm die richtigen Worte nicht einfallen. »Wir und ich und Sie …«, versucht er es weiter.
»Pardon?«, fragt Monsieur Scham-Ping-Jong ratlos.
Endlich findet Professor Hyäne seine Sprache wieder.
»Nun, dies ist Ihr neuer Zauberwald-Schulhaus-Express«, erklärt er, als hätte er ihn persönlich erfunden. »Er führt direkt von Ihrem Haus zum Leuchtturm. Sie müssen bloß einsteigen, hier Platz nehmen«, er zeigt auf Papa Bärs alten Liegestuhl, »und diesen Hebel hoch und runter bewegen.«
Papa Zauberer steigt aus, um dem neuen Fahrgast Platz zu machen.
»Kruh, Ihr Fahrgast-Schal«, gurrt Frau Taube und verknotet ihn um Monsieur Scham-Ping-Jongs Hals.

»Dann wäre ja alles trüb, äh, klar«, sagt der große Zauberer zufrieden. »Ich gehe hach Nause, nach Hause«, setzt er hinzu und spaziert davon, während sich die anderen eilig erheben, um dem wartenden Rest beim Leuchtturm die baldige Ankunft des Lehrers mitzuteilen.
»Abör … abör … abör«, stottert Monsieur Scham-Ping-Jong gerührt. »Wie kann das sein, das war allös gestörn noch nischt da.«
»Be-ein-dru-ckend«, murmelt Professor Hyäne.
»In dör Tat«, erwidert Monsieur Scham-Ping-Jong.

Und während die beiden durch den Zauberwald zurückflitzen, schweigt Professor Hyäne eine sehr, sehr lange Zeit, und wenn man nicht genau wüsste, dass ein Kopf vor lauter Nachdenkerei nicht wirklich anfangen kann zu rauchen, könnte man durchaus kleine Wölkchen über seinem Kopf erkennen.

Kla-dack, kla-dack, kla-dack, kündigt sich die Bahn rumpelnd an und kommt unter Trommeltusch und Trötenfanfaren vor dem Leuchtturm zum Stehen. Lachend umringen die Schüler ihren Lehrer.

»Das 'abt ihr für misch gemacht?«, fragt er gerührt.

»Damit Sie wieder in die Schule kommen können«, erklärt der kleine Drache.

»Jeden Tag«, ergänzt der kleine Bär.

»Außer natürlich in den Ferien«, sagt der kleine Zauberer sicherheitshalber.

»Und am Wochenende auch nicht«, ergänzt der kleine Bär.

»Die Idee war …«, brüllt Minimee Windhauch, so laut sie kann, »dass, wenn der Lehrer nicht zur Schule kommen kann und die Schüler nicht zum Lehrer, dass der Lehrer trotzdem zur Schule kommt. Nur halt anders.«

Maluna nickt zufrieden. Genau so hieß die Lösung, die ihr gestern eingefallen ist.
»Und der ganze Zauberwald hat mitgeholfen«, sagt der kleine Zauberer.
»Jeder«, bestätigt der kleine Drache.
»Voll die ganze Nacht durch«, sagt der kleine Bär.
Herr Scham-Ping-Jong wechselt die Krücke auf die andere Seite, sieht in die Gesichter der Zauberwaldbewohner und wischt sich eine Träne aus dem Auge.
Da hüstelt Professor Hyäne vernehmlich, und alle werden still. Fast hätten sie den Inspektor vergessen.
»Nun«, sagt er und zieht ein Blatt Papier aus der Aktentasche. »Nun …« Er kräuselt die Stirn und sieht streng in die Runde.
Plötzlich klopft Malunas Herz bis zum Hals. Es kann doch jetzt nicht noch etwas schiefgehen, oder?
»Ich werde bei der Schulbehörde eine Beschwerde einreichen«, bellt Herr Hyäne, und die Zauberwaldbewohner werden noch stiller. Hier stimmt doch etwas nicht, haben sie etwas falsch gemacht?

»Alsodaskanndochnichtsein, oderkanndasseinodernicht?«, murmelt Grennui Grasgrün vor sich hin. Pamm, pamm, pammpong, macht es, weil er vor Aufregung auf seinen Trommeln herumhopst, bis Schwester Rot ihm einen so zitronensauren Blick zuwirft, dass er eilig ins Gras springt.

»Eine Beschwerde, wie gesagt«, betont Professor Hyäne.

Die Zauberwaldbewohner ächzen. Soll etwa alles umsonst gewesen sein?

»Darüber ...«, donnert Professor Hyäne, »dass es in diesem Leuchtturm keinen Flitzestuhl gibt! So viele Treppenstufen sind für kranke Knie bestimmt nicht gut.«

Frau Dr. Storchenschnabel klappert anerkennend, und die Zauberwaldbewohner klatschen.

»Und deswegen werde ich einen beantragen«, ruft Professor Hyäne in das erstaunte Gemurmel. »Außerdem hat die Zauberwaldschule hiermit die Inspektion für die nächsten dreihundert Jahre bestanden«, setzt er hinzu.

Da bricht ein so donnernder Applaus los, dass sich Minimee die Ohren zuhalten muss und der alte Leuchtturm vor lauter Glück ein regenbogenfarbiges Leuchtfeuer produziert, wie ihm das noch niemals zuvor gelungen ist.

»Na also, geht doch«, knurrt Schwester Rot, und Professor Hyäne seufzt verzückt.

»Du hast die Zauberwaldschule gerettet!« Minimee landet jubelnd auf dem Spatzendach und kuschelt sich zwischen Maluna und ihre Feenfreunde.

»Wir alle!« Maluna streicht der kleinen Luftfee die Haare aus dem Gesicht. »Wir alle zusammen«, sagt sie und lächelt stolz.